25 mai ~~1903~~ au 29 mai 1903 PN

COLLECTIONS

DE

MME C. LELONG

XVIIe ET XVIIIe SIÈCLES

Ex. Stellner

Tome III

COLLECTIONS

DE

MME C. LELONG

XVIIe & XVIIIe SIÈCLES

TOME TROISIÈME

CONDITIONS DE LA VENTE

Elle sera faite au comptant.

Les acquéreurs paieront *dix pour cent* en sus des prix d'adjudication.

L'exposition mettant le public à même de se rendre compte de l'état des objets, il ne sera admis aucune réclamation une fois l'adjudication prononcée.

CATALOGUE

DES

OBJETS D'ART

ET D'AMEUBLEMENT

DES XVIIe ET XVIIIe SIÈCLES

Porcelaines de Saxe, de Sèvres, pâte tendre, de la Chine et du Japon

CUIRS, OBJETS VARIÉS, SCULPTURES

CHEMINÉE — POÊLES

BRONZES, PENDULES, GLACES, PANNEAUX, BOISERIES

SIÈGES — MEUBLES

Robe en guipure de Venise — Étoffes

TAPISSERIES DES FLANDRES

DÉPENDANT DES

Collections de MME C. LELONG

et dont la vente, par suite de son décès, aura lieu à Paris

GALERIE GEORGES PETIT

8, RUE DE SÈZE, 8

Les Lundi 25, Mardi 26, Mercredi 27 et Jeudi 28 Mai 1903

à deux heures

ET EN SON HOTEL, 16, QUAI DE BÉTHUNE

Le Vendredi 29 Mai 1903

à deux heures

COMMISSAIRE-PRISEUR

Me PAUL CHEVALLIER, 10, rue Grange-Batelière.

EXPERTS

MM. MANNHEIM, 7, rue Saint-Georges

EXPOSITIONS

GALERIE GEORGES PETIT & 16, QUAI DE BÉTHUNE

PARTICULIÈRE : Le Samedi 23 Mai 1903, de 1 heure à 6 heures.
PUBLIQUE : Le Dimanche 24 Mai 1903, de 1 heure à 6 heures.

ORDRE DES VACATIONS

GALERIE GEORGES PETIT

Le Lundi 25 Mai 1903

	Numéros.
Porcelaines de Saxe et de Sèvres, pâte tendre, Porcelaines et Faïences diverses	1015 à 1066
Porcelaines de la Chine et du Japon.	1067 à 1101
Cuirs	1102 à 1111

Le Mardi 26 Mai 1903

Objets variés.	1112 à 1134
Sculptures	1135 à 1153
Bronzes, Pendules.	1154 à 1214

Le Mercredi 27 Mai 1903

Bronzes, Pendules *(suite)*.	1215 à 1241
Sièges.	1249 à 1275
Glaces et Panneaux	1276 à 1301
Meubles	1302 à 1333

Le Jeudi 28 Mai 1903

Sièges couverts en tapisserie. . . .	1242 à 1248
Meubles *(suite)*.	1334 à 1401
Robe en guipure, Étoffes	1402 à 1411
Tapisseries	1412 à 1428

16, QUAI DE BÉTHUNE

Le Vendredi 29 Mai 1903

Objets divers	1429 à 1440

OBJETS D'ART

PORCELAINES DE SAXE ET DE SÈVRES PATE TENDRE PORCELAINES ET FAIENCES DIVERSES

1015 — Statuette en ancienne porcelaine blanche de Saxe : Apollon debout.

Haut., 17 cent.

1016 — Statuette en ancienne porcelaine blanche de Saxe : personnage dansant.

Haut., 17 cent.

1017 — Figurine en ancienne porcelaine de Saxe, de Pierrot debout dans le costume traditionnel.

Haut., 15 cent.

1018 — Figurine en ancienne porcelaine de Saxe : la Musique sous les traits d'une femme debout, jouant du luth et vêtue d'une large draperie.

Haut., 17 cent.

1019 — FIGURINE en ancienne porcelaine de Saxe : fillette en robe blanche à fleurs, assise et tenant une cornemuse.

Haut., 12 cent.

1020 — STATUETTE en ancienne porcelaine de Saxe, de Tartare debout jouant de la guitare.

Haut., 18 cent.

1021 — STATUETTE en ancienne porcelaine de Saxe, de berger debout en veste à fleurs et culotte rose.

Haut., 17 cent.

1022 — DEUX OISEAUX en ancienne porcelaine de Saxe, sur bases en bronze à rocailles.

Haut., 13 cent.

1023-1024 — QUATRE CHIENS carlins en ancienne porcelaine de Saxe, assis sur des terrasses fleuries.

Haut., 15 cent.

1025 — AIGLE en ancienne porcelaine blanche de Saxe, portant la marque de la pâtisserie royale de la cour.

Haut., 10 cent.

1026 — Paon debout en ancienne porcelaine de Saxe.

Haut., 18 cent.

1027 — Vase en métal verni rouge, décoré de fleurettes en ancienne porcelaine de Saxe et sur base à rocailles et roseaux, ornée de deux cygnes également en ancienne porcelaine de Saxe.

Haut., 45 cent.

1028 — Singe, grandeur nature, en ancienne porcelaine de Saxe-Marcolini : il est assis, porte une collerette blanche et mange un fruit.

Haut., 36 cent.

1029 — Deux plateaux, forme feuilles, en ancienne porcelaine de Saxe.

Larg., 19 cent.

1030 — Deux petites pyramides en ancienne porcelaine de Saxe, décorées de fleurettes en ronde-bosse.

Haut., 19 cent.

1031 — Candélabre à trois lumières en ancienne porcelaine de Saxe, formé d'un arbuste et d'un petit vendangeur.

Haut., 23 cent.

1032 — Sucrier en forme de courge en ancienne porcelaine de Saxe.

Larg., 16 cent.

1033 — Tasse et presentoir en ancienne porcelaine de Saxe, à décor d'arbustes et d'animaux de style japonais. Marque de la pâtisserie de la cour.

Haut., 8 cent.

1034 — Mouchettes en ancienne porcelaine de Saxe à décor de fleurs et marines.

Larg., 12 cent.

1035 — Rocher avec branchages fleuris en ancienne porcelaine de Saxe.

Haut., 23 cent.

1036 — Deux palmiers en ancienne porcelaine de Saxe.

Haut., 35 cent.

1037 — Gerbe de fleurs en ancienne porcelaine de Saxe, contenue dans une galerie en bronze doré.

Larg., 13 cent.

1038 — Lot de fleurettes en ancienne porcelaine de Saxe et autres.

1039 — Éteignoir en ancienne porcelaine de Vienne, à décor de personnages.

Haut., 6 cent.

1040 — Vase de nuit en ancienne porcelaine tendre de Sèvres, à décor de fleurs. Année 1763.

Diam., 20 cent.

1041 — Bourdaloue en ancienne porcelaine tendre de Sèvres, décoré de fleurs.

Long., 21 cent.

1042 — Pièce de surtout composée d'un plateau rond, à bords contournés, en ancienne porcelaine tendre de Sèvres, à décor de guirlandes de fleurs, d'ustensiles et d'attributs de jardinage, de bacchanales et de pastorales, avec encadrements de hachures bleues. Année 1764; décor par *Catrice*. Ce plateau supporte une monture en bronze, à laquelle sont fixées de petites coquilles en porcelaine.

Haut., 38 cent.

1043 — Compotier-coquille en ancienne porcelaine tendre de Sèvres : fleurs et fruits, avec bordure verte.

Larg., 23 cent.

1044 — Ravier en ancienne porcelaine tendre de Sèvres, à décor de fleurs.

Long., 27 cent.

1045 — Verrière semée de roses, en ancienne porcelaine tendre de Sèvres.

Larg., 28 cent.

1046 — Beurrier rond, sur plateau fixe et avec couvercle, en ancienne porcelaine tendre de Sèvres ; décor de fleurs et filets bleus.

Diam., 20 cent.

1047 — Beurrier rond, sur plateau fixe, en ancienne porcelaine tendre de Sèvres ; réserves de fleurs sur fond vert.

Diam., 21 cent.

1048 — Tasse avec soucoupe en ancienne porcelaine tendre de Sèvres ; décor de fleurs, dents de loup dorées.

Haut., 6 cent.

1049 — Salière à trois récipients, décorée de guirlandes de fleurs, en ancienne porcelaine tendre de Sèvres.

Larg., 9 cent.

1050 — Salière double, en ancienne porcelaine tendre de Sèvres : fleurs et filets bleus.

Larg., 12 cent.

1051 — Salière double, en ancienne porcelaine tendre de Sèvres : filets bleus, fleurs et guirlandes.

Larg., 12 cent.

1052 — Écritoire formée d'un présentoir, en ancienne porcelaine tendre de Sèvres, à réserves sur fond vert. Monture en bronze.

Larg., 25 cent.

1053 — Statuette en porcelaine blanche de Sèvres, de personnage bossu portant la perruque et le costume de mode sous Louis XIV. Sur le socle, on lit : *Le docteur Fagon*. Au dos, le cachet de la manufacture.

Haut., 26 cent.

1054 — Deux statuettes en ancien biscuit tendre de Sèvres : jeune paysan et paysanne portant des corbeilles de fleurs. Socles formés de fûts de colonnes cannelées, en porcelaine émaillée bleu et blanc.

Hauteur totale, 33 cent.

1055 — Plateau oblong, en ancienne porcelaine tendre de Sèvres, décoré d'une gerbe de fruits et de fleurs ; marli émaillé vert, à réserves contenant des fleurs.

Long., 27 cent.; larg., 22 cent.

1056 — Deux grandes tasses trembleuses obconiques, à deux anses, avec couvercles et présentoirs, en porcelaine tendre, à décor de fleurs et de fruits.

Haut., 18 cent.

1057 — Sucrier cylindrique avec couvercle, en porcelaine tendre, décoré, sur fond rose, de réserves à fleurs encadrées de bandes vertes.

Haut., 8 cent.

1058 — Deux statuettes, en biscuit, de femmes debout, en costumes Directoire. Fin du XVIIIe siècle.

Haut., 19 cent.

1059 — Statuette, en ancien biscuit de Locré, de jeune femme drapée à l'antique, debout auprès d'un autel et tenant un cœur.

Haut., 27 cent.

1060 — Porte-fleurs, formé d'une petite jardinière ajourée et de deux paons, en ancienne porcelaine tendre blanche française. Base à motifs de rocailles en bronze.

Haut., 25 cent.; larg., 25 cent.

1061 — Petit groupe en ancienne porcelaine blanche, composé de deux personnages nus; allégorie de la Musique.

Haut., 20 cent.

1062 — Deux statuettes, en ancienne porcelaine tendre blanche française, de jeune homme et jeune femme nus, étendus dans les blés.

Larg., 21 cent.

1063 — Groupe en biscuit : l'Amour, bourreau des cœurs, d'après Pigalle.

Haut., 38 cent.

1064 — Deux petits vases, à décor de personnages et fleurs de style chinois. Ancienne faïence de Delft.

Haut., 13 cent.

1065 — Deux jardinières-appliques en ancienne faïence de Rouen, à décor de sujets de style chinois, avec rehauts d'ocre jaune.

Haut., 10 cent.; larg., 16 cent.

1066 — Écritoire à couvercle et tiroirs, en ancienne faïence de Rouen, à décor bleu.

Larg., 27 cent.

PORCELAINES DE LA CHINE ET DU JAPON

1067 — Deux petits vases pots-pourris de forme ovoïde, en ancien céladon gris uni de la Chine, avec couvercles en bronze doré ; les bases et les couvercles sont ornés de figurines de personnages également en ancienne porcelaine de Chine.

Haut., 23 cent.

1068 — Paire de vases en ancien céladon gris verdâtre de la Chine, à décor d'arbustes et d'oiseaux en blanc et en léger relief ; ils sont montés en aiguières en bronze.

Haut., 77 cent.

1069 — Deux chimères en ancien céladon gris verdâtre de la Chine, formant brûle-parfums, et à montures de bronze formées de rocailles.

Haut., 22 cent.

1070 — Coupe en ancien céladon gris verdâtre de la Chine, gaufré sous couverte à fleurs. Bordure, anses et pied à rocailles et quadrillés en bronze.

Haut., 22 cent.; larg., 55 cent.

1071 — Deux vases en ancien céladon gris verdâtre de la Chine, gaufré sous couverte ; montures en bronze à collerette, deux anses et base à rocailles, du temps de Louis XV.

Haut., 21 cent.

1072 — Vase ovoïde avec couvercle, en ancien céladon vert d'eau de la Chine, à décor d'oiseaux sur des arbres en fleurs, en bleu, blanc et rouge de cuivre. Col et base à rocailles en bronze doré.

Haut., 30 cent.

1073 — Deux vases en céladon bleu-turquoise truité de la Chine, formés chacun de deux carpes accolées. Cols et bases à rocailles en bronze doré.

Haut., 31 cent.

1074 — Deux vases en porcelaine émaillée bleu-turquoise, décorés de larges feuilles en relief, sur fond simulant la peau de serpent. Cols et bases à trois dragons en bronze doré.

Haut., 28 cent.

1075 — Vase-balustre à panse aplatie et goulot étroit, en ancien céladon bleu-turquoise de la Chine; petites anses à feuillages et nervures. Base et col en bronze doré.

Haut., 26 cent.

1076 — Porte-fleurs, formé d'un pitong ajouré, à personnages et fleurs; au-dessous sont placés deux personnages chinois accroupis; ancien céladon bleu-turquoise de la Chine. Terrasse avec arbrisseau en bronze doré, à décor de feuilles et rocailles.

Haut., 21 cent.

1077 — Porte-fleurs, formé d'un pitong ajouré placé entre deux chimères, en ancien céladon bleu-turquoise de la Chine, sur terrasse en bronze doré, à fleurons, du temps de

Louis XVI, avec panneaux de laque noire à décor, en dorure, de paysages chinois.

Haut., 28 cent.

1078 — Deux théières en céladon bleu-turquoise de la Chine, en forme de bouteilles, à cols à pans et panses ornées d'un dragon, dont la tête tient lieu de déversoir. Montures en bronze.

Haut., 16 cent.

1079 — Deux flacons à thé à six pans, en ancien céladon bleu-turquoise de la Chine, à décor de motifs irréguliers. Montures en argent du XVIIIe siècle.

Haut., 20 cent.

1080 — Statuette de personnage assis sur un siège à haut dossier, en ancien céladon bleu-turquoise de la Chine, avec parties réservées en biscuit. Elle est placée sous une niche à treillis et rocailles en bronze doré.

Haut., 45 cent.; larg., 30 cent.

1081 — Deux petites barques montées par deux personnages placés sous un dais, en ancien céladon bleu-turquoise de la Chine. Montures en bronze doré.

Haut., 20 cent.; larg., 26 cent.

1082 — Deux chimères porte-fleurs, en ancienne porcelaine de Chine émaillée sur biscuit bleu-turquoise et violet-aubergine.

Haut., 21 cent.

1083 — Deux cerfs couchés, en céladon bleu-turquoise de la Chine.

Haut., 17 cent.

1084 — Singe assis, tenant un fruit, en ancien céladon bleu-turquoise de la Chine; il est monté sur un arbuste en bronze à rocailles, et avec deux champignons également en ancien céladon bleu-turquoise de la Chine.

Haut., 32 cent.

1085 — Perruche en ancien céladon bleu-turquoise de la Chine, sur base émaillée violet.

Haut., 22 cent.

1086 — Écritoire en forme de losange, à trois récipients, en ancienne porcelaine de Chine, à décor de dragons et fleurs. Monture en bronze doré.

Larg., 24 cent.

1087 — Deux brule-parfums avec couvercles, en ancienne porcelaine de Chine, formés chacun d'un fruit supporté par une chimère placée sur un rocher, d'où s'échappent des branchages fleuris en métal verni. Bases en bronze doré.

Haut., 34 cent.

1088 — Deux petits cornets en ancienne porcelaine de Chine émaillée sur biscuit, à décor d'arbustes et oiseaux sur fond noir. Montures en bronze.

Haut., 21 cent.

1089 — Figurine de personnage assis, en ancienne porcelaine de Chine émaillée sur biscuit; vêtements à fond vert.

Haut., 15 cent.

1090 — Éléphant debout en ancienne porcelaine de Chine, couvert d'un caparaçon à fleurs, et supportant une petite pagode en ancien émail cloisonné et cuivre de la Chine.

Haut., 47 cent.

1091 — Deux petits coqs en ancienne porcelaine de Chine, à plumages blancs, tachés de rouge et de vert.

Haut., 18 cent.

1092 — Deux oiseaux de proie, en ancienne porcelaine de Chine, décorée au naturel.

Haut., 26 cent.

1093 — Cache-pot en ancienne porcelaine de

Chine, décoré de fleurs en bleu. Monture en bronze à mascarons du temps de la Régence.

Haut., 20 cent.

1094 — Deux potiches avec couvercles, en ancienne porcelaine de Chine, à décor doré d'insectes, dragons, plantes, etc., sur fond bleu.

Haut., 64 cent.

1095 — Potiche avec couvercle, en ancienne porcelaine de Chine, famille verte, décorée de scènes familiales.

Haut., 52 cent.

1096 — Deux vases hexagones et à surface ajourée, en ancienne porcelaine de Chine, famille rose, à décor de médaillons à paysages, réservés sur fond à bâtons rompus ou réticulé.

Haut., 52 cent.

1097 — Deux coqs en ancienne porcelaine de Chine, famille rose, décor au naturel. Bases en bronze doré.

Haut., 35 cent.

1098 — Oiseau à plumage multicolore en ancienne porcelaine de Chine, famille rose.

Haut., 17 cent.

1099 — Potiche en ancienne porcelaine du Japon, à décor de compartiments à paysages sur fond bleu chargé de fleurs.

Haut., 49 cent.

1100 — Statuette en ancienne porcelaine du Japon, de personnage assis sur un tonneau et portant un pot sur le dos. Base à quatre pieds, cartouches et feuillages en bronze doré du XVIIIe siècle.

Haut., 17 cent.

1101 — Deux pots sphériques avec couvercles en boccaro gris et marron à fleurs, montés en bronze doré. Gorges ajourées et trépieds à feuillages.

Haut., 20 cent.

CUIRS

1102 — Coffret en cuir noir doré aux fers à décor de petits bustes, fleur de lys et petites feuilles. Commencement du XVIIe siècle.

Haut., 11 cent.; larg., 15 cent.

1103 — Étui cylindrique en maroquin rouge doré aux fers à décor de petite rosaces et de bordures ; il contient douze couteaux à manches incrustés d'os et bois noir. XVIIe siècle.

Haut., 27 cent.

1104 — Coffret plat revêtu de maroquin rouge gravé et doré, à décor de menus rinceaux. Garnitures et serrure à moraillon en fer et cuivre. xviie siècle.

Haut., 10 cent.; larg., 33 cent.

1105 — Portefeuille en maroquin rouge doré. xviiie siècle.

Larg., 27 cent.

1106 — Portefeuille en maroquin rouge doré aux fers avec l'inscription : « *Ve Germond, E. Huquière, Nt à Orléans.* xviiie siècle.

Long., 27 cent

1107 — Grand portefeuille en maroquin rouge doré aux fers, au nom d'un magistrat d'Orléans. xviiie siècle.

Long., 45 cent.

1108 — Grand portefeuille en maroquin rouge, doré aux fers au nom de la marquise de Créquy. Fermoir en argent gravé à ses armes. xviiie siècle.

Long., 43 cent.

1109 — Coffret à couvercle et à deux portes, récouvert de maroquin rouge doré aux fers, présentant des motifs rayonnants dans des encadrements à rinceaux ; garnitures de fer avec traces de dorure. xviii siècle.

Haut., 22 cent.; larg., 31 cent.

1110 — Coffret à tiroirs et casiers mobiles en cuir fauve doré aux fers. xviiie siècle.

Haut., 19 cent.; larg., 17 cent.

1111 — Écrin en maroquin rouge doré, contenant six petits flacons et autres ustensiles, en verre et argent. xviiie siècle.

Haut., 11 cent.

OBJETS VARIÉS

1112 — Paire de petits vases portés par deux figurines et avec couvercles en ancienne laque noire et or à paysages; collerettes en cuivre.

Haut., 22 cent.

1113 — Brûle-parfums en ancienne laque rouge à décor doré, de paysages; gorge ajourée, bouton de couvercle et pied en bronze.

Haut., 24 cent.

1114 — Brûle-parfums avec couvercle en ancien émail cloisonné de la Chine muni de deux anses plates et sur trois pieds à têtes chimériques en bronze doré.

Haut., 38 cent.

1115 — Deux porte-lumières en ancien émail

cloisonné de la Chine, composés chacun d'un balustre interrompu par deux plateaux.

Haut., 35 cent.

1116 — Deux éléphants en ancien émail cloisonné de la Chine; ils ont sur le dos un vase porte-lumière.

Haut., 32 cent.

1117 — Coupe en agate rubannée sur piédouche en argent doré, décoré de sujets saints et de quadrillés. Commencement du XVIIIe siècle.

Haut., 20 cent.

1118 — Œuf d'autruche décoré au vernis, à sujet chinois, du XVIIIe siècle signé : *Le Bel*. Base en bronze supportant trois perruches en ancien céladon bleu-turquoise de la Chine.

Haut., 29 cent.

1119 — Paire de flambeaux en forme de pyramide en cristal de roche, décorés de mascarons, de couronnes et d'entrelacs en bronze. Plateaux et bases en lapis.

Haut., 25 cent.

1120 — Deux vases avec couvercles en cristal incolore gravé, à décor de guirlandes. Montures en bronze doré à collerettes fleuries et anses mascarons chimériques. Bases en lapis.

Haut., 29 cent.

1121 — Quatre candélabres à trois lumières en argent, en forme de vases enguirlandés, sur tiges colonnettes cannelées, supportant les branches porte-lumières composées de branchages et torches enflammées avec aigles au centre. Fin du xviiie siècle. Marqués : *Buntzel.*

Haut., 56 cent.

1122 — Grande gouache ovale en largeur, portant la signature : *Van Blarenberghe* et datée *1786*, présentant un sujet de bataille dans une vaste plaine, avec cours d'eau au premier plan. Cette composition est animée de très nombreux personnages, fantassins, cavaliers, paysans, etc. Encadrée.

Haut., 20 cent.; larg., 25 cent.

1123 — Cornemuse en velours rouge d'Utrecht et ivoire. xviiie siècle.

Long., 80 cent.

1124 — Coffret en ébène incrusté de cuivre et d'étain à rinceaux et mascarons. Époque Régence.

Larg., 24 cent.

1125 — Coffret plaqué d'écaille incrustée d'or, à décor de nombreux personnages et sujets variés avec compartiments quadrillés aux angles. Époque Régence.

Haut., 16 cent. ; larg., 21 cent.

1126 — Coffret rectangulaire en fer poli, orné de rinceaux et de postes en bronze doré. Époque Louis XVI.

Haut., 15 cent.; larg., 19 cent.

1127 — Écrin en bois laqué noir et or, contenant deux pots de toilette en ancienne porcelaine de Saxe et six flacons en verre. xviiie siècle.

Haut., 18 cent.

1128 — Tambour à broder en marqueterie de bois de couleurs à damier. Époque Louis XVI.

Larg., 58 cent.

1129 — Petit fragment simulant une grille en bois de placage et bronze. Époque Louis XVI.

Haut., 27 cent.; larg., 15 cent.

1130 — Pupitre en marqueterie d'ébène sur cuivre à rinceaux. Époque Louis XIV.

Larg., 59 cent.

1131 — Double-cadre ovale en bois sculpté,

enguirlandé de fleurs, rubans et draperies, avec attributs de l'amour. Fin du XVIIIe siècle.

Haut., 40 cent.; larg., 30 cent.

1132 — CAGE en bois sculpté et doré et cuivre, avec oiseau automate. Fin du XVIIIe siècle.

Haut., 48 cent.

1133 — LUSTRE à six lumières, en bois doré ; tige en forme de vase accosté de volutes. XVIIIe siècle.

Haut., 70 cent.

1134 — DEUX COLONNES cannelées en bois sculpté et peint gris, à chapiteaux ioniques dorés. XVIIIe siècle.

Haut., 1 m. 35.

SCULPTURES

1135 — DEUX FIGURINES en terre cuite : l'Abondance et la Religion. XVIIIe siècle.

Haut., 20 cent.

1136 — DEUX CARIATIDES, en terre cuite peinte en gris, de femmes drapées à l'antique, un sein nu, un bras replié sur la tête. Époque Louis XV.

Haut., 1 m. 65.

1137 — STATUETTE, en terre cuite, de jeune femme debout, drapée à l'antique. XVIIIe siècle.

Haut., 23 cent.

1138 — STATUETTE, en terre cuite, de jeune femme debout, portant des fleurs dans sa chemisette relevée. XVIIIe siècle.

Haut., 27 cent.

1139 — BAS-RELIEF en terre cuite : enfants nus jouant à la main chaude. Époque Louis XVI.

Haut., 16 cent.; larg., 22 cent.

1140 — TRÈS PETIT BUSTE, en terre cuite, de femme, la tête légèrement tournée vers l'épaule droite. Fin du XVIIIe siècle.

Hauteur du buste, 13 cent.

1141 — TRÈS PETIT BUSTE en terre cuite de fillette, la tête levée. Fin du XVIIIe siècle.

Hauteur du buste, 11 cent.

1142 — GROUPE en terre cuite : la centauresse Hylonome se tuant devant le corps de son époux Cyllarus, par *Chinard*. Signé. Fin du XVIIIe siècle.

Haut., 35 cent.; larg., 55 cent.

1143 — STATUE, en pierre sculptée, de femme debout, nue, une fleur dans les cheveux, et s'appuyant de la main droite sur un tronc d'arbre. Époque Louis XV.

Haut., 1 m. 45.

1144 — BUSTE en marbre blanc, grandeur nature, de femme, la tête tournée vers l'épaule gauche, coiffée d'un diadème et d'une draperie venant lui passer sous le menton. Commencement du XVIIe siècle.

Haut., 54 cent.

1145 — BUSTE, grandeur nature, en marbre blanc, de femme vêtue à l'antique. Commencement du XVIIe siècle.

Haut., 48 cent.

1146 — STATUETTE-APPLIQUE en marbre blanc d'amour debout, tenant une gerbe de blé. XVIIe siècle.

Haut., 40 cent.

1147 — DEUX LIONS debout en marbre blanc, une patte appuyée sur une sphère. Italie, XVIIe siècle.

Haut., 24 cent.

1148 — DEUX MÉDAILLONS ronds en marbre blanc sculpté en bas-relief : buste de femme et buste d'homme, portant la perruque, et représentés de profil. XVIIe siècle. Encadrés.

Diam., 62 cent.

1149 — Médaillon bas-relief en marbre blanc. buste de profil du grand-dauphin Louis de France. Signé : *A. C. F., 1689*. Cadre en bois doré. XVIIe siècle.

Grand diamètre, 42 cent.

1150 — Paire de vases avec couvercles, en marbre blanc, décorés de larges feuilles. Fin de l'époque Louis XVI.

Haut., 39 cent.

1151 — Buste en marbre blanc, grandeur nature, portrait présumé de Madame Royale, fille de Louis XVI, portant le nom de *Houdon*, et la date *1781*. Elle est représentée à l'âge de trois ans, la tête tournée vers l'épaule droite, les cheveux retombant sur le front et dans le cou et vêtue d'un corsage décolleté avec bordure de dentelle sur les épaules. Piédouche en marbre de couleur.

Haut., 50 cent.

1152 — Buste en marbre blanc, grandeur nature : portrait présumé du dauphin Louis XVII, attribué à *Houdon*, la tête tournée vers l'épaule gauche, les cheveux retombant en boucles sur les épaules, vêtu d'une chemisette et d'un habit à double collet.

Haut , 59 cent.

1153 — Statuette en marbre blanc, d'après *Pigalle* : Mercure sur un nuage, attachant ses talonnières.

Haut., 62 cent.

BRONZES — PENDULES

1154 — Statuette en bronze patiné, de femme nue, assise sur un tertre, tenant de la main droite un fragment de porte-lumière. Commencement du xviie siècle.

Haut., 26 cent.

1155 — Pendule de forme contournée, en marqueterie de cuivre sur écaille, garnie de bronzes dorés, palmettes, chutes, mascarons. Figurine du Temps en plomb doré comme couronnement. Époque Louis XIV.

Haut., 1 m. 03.

1156 — Deux flambeaux en bronze doré, formés chacun d'une même statuette de satyre, debout. Douilles et bases en lapis.

Haut., 24 cent.

1157 — Paire de flambeaux en bronze doré, décorés de médaillons-bustes et de petits pendentifs. Époque Régence.

Haut., 23 cent.

1158 — Paire de chenets en bronze patiné et doré, formés chacun d'un cheval cabré, appuyé sur un cartouche ; bases oblongues à mascarons et pieds-griffes. Époque Régence.

Haut., 40 cent.

1159 — Surtout de table en bronze argenté, formé d'un plateau surmonté d'une coupe oblongue, à couvercle, supportée par quatre dauphins et cantonnée de quatre candélabres à deux lumières ; quatre galeries pour burettes sont disposées sur le plateau : décor d'armoiries, bustes et quadrillés. Époque Régence.

Haut., 42 cent. ; larg., 64 cent.

1160 — Appareil de physique en bronze, servant à mesurer la dilatation des métaux. Époque Louis XV.

Haut., 21 cent.

1161 — Petit chien debout, prêt à s'élancer, en bronze patiné ; socle contourné en bronze doré. Époque Louis XV.

Haut., 15 cent. ; larg., 21 cent.

1162 — Bougeoir en laque, à fond rouge avec double binet et grande poignée à fleurettes, en bronze doré, du temps de Louis XV.

Larg., 22 cent.

1163 — Encrier composé d'un plateau en ancienne laque à fond rouge de la Chine, et supportant une statuette d'ancienne porcelaine blanche de Chine et deux petits bols de même porcelaine, famille verte. Monture du plateau et des bols, socle de la statuette et flambeau à branchages à deux lumières, en bronze doré.

Larg., 34 cent.

1164 — Encrier formé d'un plateau de laque, décoré de bambous en dorure sur fond noir, supportant un flambeau à deux lumières en bronze doré, à branchages feuillagés, et deux récipients en ancienne porcelaine de Chine, à fleurs. Monture et pieds en bronze doré.

Larg., 34 cent.

1165 — Brule-parfums de forme ronde, en ancienne laque du Japon, supporté par un arbuste sur base à rocailles en bronze doré du temps de Louis XV, où repose également une statuette, en ancienne laque du Japon, de femme accroupie.

Haut., 54 cent.

1166 — Deux médaillons en bronze doré, à moulures, fleurs et rocailles, présentant les bustes de Henri IV et de Louis XV, en bronze patiné. Époque Louis XV.

Haut., 23 cent.; larg., 12 cent.

1167 — Paire de flambeaux en bronze doré, à motifs de rocailles et fleurettes. Époque Louis XV.

Haut., 21 cent.

1168 — Paire de flambeaux en bronze doré, décorés de rocailles; bases rondes interrompues par deux petits ressauts à feuillages. Époque Louis XV.

Haut., 23 cent.

1169 — Paire de bras-appliques à deux lumières, en bronze doré, à rocailles et feuillages. Époque Louis XV.

Haut., 42 cent.

1170 — Paire de bras-appliques à deux lumières, en bronze doré, à motifs de rocailles et enroulements. Époque Louis XV.

Haut., 45 cent.

1171 — Paire de bras-appliques à deux lumières, en bronze doré, à enroulements, feuillages et rocailles. Époque Louis XV.

Haut., 42 cent.

1172 — Paire de bras-appliques à deux lumières, en bronze, ornés de fleurettes en porcelaine Époque Louis XV.

Haut., 38 cent.

1173 — Paire de bras-appliques à deux lumières, en bronze doré, composés de branchages entrelacés et d'une perruche. Époque Louis XV.

Haut., 30 cent.

1174 — Deux candélabres à trois lumières, formés chacun d'un chêne en bronze doré, et d'une statuette, en bronze laqué, de Chinois debout. Époque Louis XV.

Haut., 46 cent.

1175 — Deux candélabres à deux lumières en bronze argenté, à décor de rocailles et à branches contournées. Époque Louis XV.

Haut., 38 cent.

1176 — Paire de candélabres à deux lumières en bronze doré, composés chacun d'un bosquet à treillis placé sur un tertre, et donnant naissance aux branches porte-lumières ; sous chaque bosquet est assis un amour en bronze, à patine brune. En partie du temps de Louis XV.

Haut., 50 cent. ; larg., 32 cent.

1177 — Paire de chenets en bronze, avec traces de dorure, et bronze patiné, ornés de statuettes : triton et néréide, sur un motif à rocailles. Époque Louis XV.

Haut., 33 cent.; larg., 40 cent.

1178 — Paire de chenets en bronze, formés chacun d'un motif de rocailles, sur lequel sont étendues une figure de Vénus et une figure de Vulcain. Époque Louis XV.

Haut., 40 cent.; larg., 48 cent.

1179 — Pendule en bronze et bronze patiné, à mouvement porté par un éléphant et surmonté d'un singe. Cadran signé : *J[n] Baillon*. Époque Louis XV.

Haut., 43 cent.

1180 — Pendule-applique en bronze doré, à décor de guirlandes de fleurs, figurines d'amours, niche à treillis et rocailles. Époque Louis XV.

Haut., 39 cent.; larg., 21 cent.

1181 — Grande pendule de forme contournée, décorée en vert au vernis, garnie de bronzes dorés, encadrements, instruments de musique, vase, aigle héraldique. Le mouvement, à musique, est signé : *Berthoud à Paris*. Époque Louis XV.

Haut., 1 m. 08; larg., 45 cent.

1182 — Cartel en bronze, à gros feuillages et rubans ; cadran signé : *Jean-Baptiste Baillon*. Époque Louis XV.

Haut., 65 cent.

1183 — CARTEL en bronze doré, à feuillages et rocailles, surmonté d'une statuette de Tartare. Cadran signé : *Boutray, à Paris.*

Haut., 50 cent.

1184 — PENDULE en bronze patiné et doré, à mouvement surmonté d'un amour et supporté par un éléphant debout sur une terrasse à rocailles. Signée : *S. Germain.* Cadran de *Gosselin, à Paris.* Époque Louis XV.

Haut., 48 cent.

1185 — SOCLE de pendule à musique, plaqué de corne verte et garni d'encadrements et de chutes à motifs de rocailles en bronze doré. Époque Louis XV.

Haut., 23 cent.; larg., 50 cent.

1186 — CHIEN en bronze patiné, assis sur un coussin en bronze doré. Époque Louis XVI.

Haut., 16 cent.; larg., 16 cent.

1187 — BAS-RELIEF en bronze doré : Apollon et Daphné. Époque Louis XVI.

Haut., 21 cent.; larg., 27 cent.

1188 — FLAMBEAU à trois lumières et à tige-colonnette ; bronze argenté. Époque Louis XVI.

Haut., 22 cent.

1189 — Deux bouts-de-table à trois lumières en bronze avec traces de dorure, composés chacun d'une colonnette cannelée supportant un vase enguirlandé et accostée de deux volutes feuillagées. Époque Louis XVI.

Haut., 30 cent.

1190 — Deux flambeaux en bronze patiné, bleui et doré, formés chacun d'une statuette d'enfant satyre courant, portant la branche de lumière. Base composée d'un fût de colonne cannelée en marbre blanc et bronze doré. En partie de l'époque Louis XVI.

Haut., 29 cent.

1191 — Paire de bras-appliques à deux lumières en bronze doré, formés de guirlandes de laurier, couronnes de roses, médaillons et rubans. Époque Louis XVI.

Haut., 56 cent.

1192 — Paire de candélabres à trois lumières, formés chacun d'un vase en marbre de couleurs garni de guirlandes, d'anses à têtes de boucs et de bouquets de lys porte-lumières en bronze. Époque Louis XVI.

Haut., 1 m 05.

1193 — Paire de candélabres à trois lumières, à bouquets de lys, s'échappant d'un vase enguirlandé à base carrée. Bronze. Époque Louis XVI.

Haut., 57 cent.

1194 — PAIRE DE CHENETS en bronze doré ; modèle à vase enguirlandé de chêne et galerie à rosaces. Époque Louis XVI.

Haut., 42 cent.

1195 — PENDULE en bronze doré à mouvement porté par un fût de colonne cannelée sur base ornée de deux figurines, petits oiseleurs. Contre-socle formant boîte à musique. Cadran signé : *Aubin à Paris*. Époque Louis XVI.

Haut., 50 cent. ; larg., 38 cent.

1196 — PETIT CARTEL-APPLIQUE en bronze doré, surmonté d'un mascaron et d'un vase et enguirlandé de laurier. Cadran signé : *Lebrasseur à Paris*. Époque Louis XVI.

Haut., 33 cent.

1197 — PENDULE en marbre blanc et bronze doré, à mouvement porté par deux pilastres ornés de deux médaillons émaillés à figures de femmes et surmontés de deux lyres. Cadran signé : *Henri Voisin*. Époque Louis XVI.

Haut., 43 cent.

1198 — Pendule en bronze doré, ornée de deux figurines d'enfants et de gerbes. Cadran signé : *Gudin à Paris*. Époque Louis XVI.

Haut., 19 cent.

1199 — Pendule en bronze doré, en forme de vase sur piédouche, à anses mascarons et serpents ; la panse du vase est en métal verni. Contre-socle en marbre blanc. Époque Louis XVI.

Haut., 54 cent.

1200 — Pendule en bronze doré à décor d'étendards et guirlandes de feuillages. Cadran signé : *Mesnil à Paris*. Base en marbre blanc. Époque Louis XVI.

Haut., 52 cent.

1201 — Deux grands vases sur piédouches, en marbre gris veiné, garnis de guirlandes de feuillages et de deux anses à têtes de satyres, en partie rapportées en bronze. Époque Louis XVI.

Haut., 88 cent.

1202 — Deux vases-balustres plats avec couvercles, en granit gris, garnis de boutons de couvercles, guirlandes et médaillons en bronze doré. Bases en granit rose et bronze doré également. Époque Louis XVI.

Haut., 33 cent.

1203 — Paire de petites cariatides d'hommes, à corps de bronze patiné et doré et à gaines de porphyre rouge, reposant sur quatre pieds de biche en bronze doré également. En partie du xviiie siècle.

Haut., 30 cent.

1204 — Paire de bras-appliques à deux lumières, en bronze, gaines à rocailles et feuillages, douilles ajourées, fleurettes en porcelaine. xviiie siècle.

Haut., 33 cent.

1205 — Deux candélabres à deux lumières, en bronze à patine brune, formés l'un d'une statuette de faune, l'autre d'une statuette de faunesse, assis, tenant une douille porte-lumière dans chaque main. xviiie siècle.

Haut., 33 cent.

1206 — Paire de flambeaux en bronze patiné et doré, à tiges formées d'un sphinx.

Haut., 17 cent.

1207 — Paire de candélabres à deux lumières, formés chacun d'une colonnette avec base en marbre bleu-turquin, surmontée d'un aigle et décorée de rudentures, trophées, bornes d'angle et frises en bronze doré. Fin du xviiie siècle.

Haut., 59 cent.

1208 — Cartel en bronze, de forme octogone, surmonté d'une fleur de lys, et décoré, à la partie inférieure, de flèches. Cadran signé : *Manière à Paris*. Époque Directoire. La fleur de lys est rapportée.

Haut., 61 cent.

1209 — Lampe à trois lumières, de style antique, formée d'une statuette de femme, debout, en bronze patiné, supportant sur la tête le corps de lampe en argent. Commencement du XIXe siècle.

Haut., 49 cent.

1210 — Statuette en bronze, à patine brune, d'amour assis sur des nuées en bronze doré. Base cylindrique en marbre blanc. Commencement du XIXe siècle.

Haut., 47 cent.

1211 — Deux cassolettes en bronze doré, formées chacune d'une statuette de femme nue, un genou en terre, soutenant au-dessus de la tête le corps de la cassolette. Base en marbre portor.

Haut., 37 cent

1212 — Petit lustre à neuf lumières, en cuivre, garni de pyramides et pendeloques en cristal de roche.

Haut., 1 mètre.

1213 — Lustre en bronze doré, à huit lumières, à tige formée d'un vase entouré de quatre volutes et à cul-de-lampe feuillagé.

Haut., 80 cent.

1214 — Deux vases surbaissés, en marbre de couleur, à anses mascarons d'enfants, en bronze doré.

Haut., 27 cent.

1215 — Lion et lionne en bronze, avec traces de dorure; le premier combat un serpent, l'autre tient son petit dans la gueule.

Haut., 11 cent.; larg., 15 cent.

1216 — Deux chevaux couchés, la tête levée, en bronze à patine brune, sur base à coquillages et rocailles en bronze doré.

Haut., 13 cent.; larg., 25 cent.

1217 — Deux groupes en bronze à patine brune : Enlèvement de Proserpine par Pluton, d'après Girardon, et Enlèvement d'une Sabine, d'après Jean de Bologne. Bases du XVIIe siècle en marqueterie d'écaille sur cuivre à rinceaux.

Hauteur des groupes, 60 cent.

1218 — Deux figurines en bronze patiné et doré

d'enfants assis et figurant tous deux l'Hiver. Bases à rocailles et guirlandes.

Haut., 17 cent.; larg., 18 cent.

1219 — Statuette en bronze à patine claire, d'enfant nu étendu : il tient de la main droite une couronne fermée, placée sur un manteau fleurdelysé, en bronze avec traces de dorure ; ce manteau vient retomber en larges plis sur le tertre servant de base. Contre-socle en bronze doré à dessus d'albâtre oriental.

Haut., 34 cent.; larg., 39 cent.

1220 — Deux groupes en bronze à patine brune : amours montés sur des dragons ; bases en bronze doré à rocailles.

Haut., 40 cent.; long.. 58 cent.; larg., 43 cent.

1221 — Bougeoir à deux lumières en bronze à motifs de rocailles, avec petit écran mobile formé d'un panneau d'ancienne laque, monté également en bronze doré.

Haut., 36 cent.

1222 — Paire de flambeaux en bronze doré, composés de feuillages et de rocailles ; bases à bords contournés.

Haut., 24 cent.

1223 — Deux petits flambeaux bas en bronze avec traces de dorure, ornés de motifs de rocailles.

Haut., 10 cent.

1224 — Huit bras-appliques à deux lumières en bronze doré, simulant des branches fleuries de roses, nouées de cordelières à glands.

Haut., 43 cent.

1225 — Deux bras-appliques à deux lumières en bronze doré, à décor de feuillages, s'échappant d'un cul-de-lampe.

Haut., 25 cent.

1226 — Deux autres à une lumière.

Haut., 27 cent.

1227 — Paire de bras-appliques à deux lumières en bronze doré et patiné vert, ornés de statuettes de néréides assises sur des gaines à volutes. Époque Louis XVI.

Haut., 39 cent.

1228 — Deux paires de torchères en marbre de couleurs et bronze doré en forme de colonnette interrompue par un nœud enguirlandé et s'épanouissant, haut et bas, en larges feuilles ; bases à pieds-griffes.

Haut., 1 m. 55.

1229 — Paire de candélabres à trois lumières en bronze doré, formés chacun d'une statuette debout, légèrement vêtue d'une draperie qu'elle relève d'une main, tandis que, de l'autre, elle maintient sur la tête une corbeille d'où naissent les branches de lumières.

Haut., 58 cent.

1230 — Paire de candélabres à trois lumières en bronze doré, en forme de palmiers enguirlandés de pampres et sur bases simulant des rochers chargés de fruits.

Haut., 58 cent.

1231 — Candélabre à trois lumières en bronze doré, formé d'une statuette de nymphe, debout, entre des branches de chêne supportant les lumières ; base cylindrique cannelée.

Haut., 50 cent.

1232 — Paire de candélabres à cinq lumières en bronze doré, formés chacun d'un groupe dans le goût de Falconet : Vénus et l'Amour ; les lumières étant fixées au bout de branches fleuries s'échappant d'une corne d'abondance que tient Vénus ; bases en marbre blanc et bronze.

Haut., 84 cent.

1233 — Paire de grands candélabres à quatre lumières en bronze doré, formés chacun d'un éléphant debout en ancienne porcelaine de Chine flambée rouge-violacé et supportant les branches de lumières à feuillages; bases à rocailles.

Haut., 61 cent.

1234 — Paire de candélabres à trois lumières : statuettes de femmes debout en bronze patiné, soutenant le bouquet de lumières, composé d'un chêne et s'échappant de socles formés de fûts de colonnes cannelées en bronze doré.

Haut., 51 cent.

1235 — Paire de chenets en bronze patiné et doré, formés chacun d'une cassolette sur base oblongue à draperies reposant sur quatre pieds-griffes.

Haut., 40 cent ; larg., 40 cent.

1236 — Pendule en bronze doré : le mouvement, surmonté d'un vase à anses formées de cornes d'abondance, et à panse contenant un cadran tournant indiquant les mois en anglais, est accosté d'une statuette de Mars, assis sur des trophées d'armes, et d'une statuette de la Renommée montrant un médaillon à l'effigie de Georges III, roi d'Angleterre, et ayant à ses pieds un lion et un cartouche aux armes d'Angleterre. La base présente une allégorie de la Prospérité, et, sur les côtés, les figures de la Justice et de l'Abondance. Mouvement signé : *Roque, au Louvre, à Paris, 1771*. Fin de l'époque Louis XV.

Haut., 52 cent.; larg., 41 cent.

1237 — Cartel sur socle-applique, en bronze doré, décoré d'un cartouche, de deux griffons, de guirlandes de fleurs et surmonté d'une statuette du Temps en bronze à patine brune. En partie du xviie siècle.

Haut., 85 cent.

1238 — Pendule en bronze patiné et doré, à mouvement porté par un éléphant, sur base à rocailles. Cadran signé : *Gudin à Paris*. En partie du temps de Louis XV.

Haut., 38 cent.

1239 — Boite a musique provenant d'une pendule, plaquée de corne verte et garnie de corbeilles de fleurs et rocailles en bronze doré. Époque Louis XV.

Haut., 25 cent.; larg., 50 cent.

1240 — Corbeille ovale, à deux anses, formée de plaques d'agate et de spath-fluor dans une monture en bronze doré, simulant l'osier et ornée d'une frise de rosaces et d'un tore de feuillages.

Larg., 50 cent.

1241 — Jardinière en cuivre doré, enrichie de verroteries et décorée de fleurs ainsi que de petits paysages sous verre. Elle contient des arbustes également de bronze doré, avec feuillages en pierre de lard et jade vert, et fleurs en verroterie. Chine.

Haut., 41 cent.; larg., 31 cent.

SIÈGES COUVERTS EN TAPISSERIE

1242 — Quatre fauteuils en bois sculpté, à entrelacs et coquilles, avec croisillons d'entrejambes, couverts en tapisserie à bouquets de fleurs et oiseaux sur fond bleu. Époque Régence.

Haut., 1 m. 17; larg., 68 cent.

1243 — Canapé en bois sculpté, à coquilles, feuillages et traverses, couvert en tapisserie à fleurs et fruits. Époque Régence.

Larg., 1 m. 95.

1244 — Deux fauteuils en bois sculpté et peint gris, à fleurs et moulures, couverts en tapisserie : animaux, vues de parcs et perspectives dans des encadrements de rocailles. Époque Louis XV.

Larg., 65 cent.

1245 — Deux fauteuils en bois sculpté et peint gris, à fleurs et cannelures, couverts en tapisserie d'Aubusson, à dessin d'amours sur les dossiers et d'animaux sur les sièges, avec fond de paysage et bordure de rubans. Fin de l'époque Louis XV.

Larg., 63 cent.

1246 — Cinq fauteuils en bois sculpté et peint gris, à fleurettes et cannelures, couverts en tapisserie d'Aubusson, à figures allégoriques d'amours sur les dossiers, sujets tirés des fables de La Fontaine sur les sièges, avec fond de paysages et bordure rouge à rubans. Fin de l'époque Louis XV.

Larg., 61 cent.

1247 — Fauteuil en bois sculpté, avec traces de dorure, à décor de bustes, du temps du Directoire. Il est couvert en tapisserie d'Aubusson du temps de Louis XVI, à personnage et fables de La Fontaine.

Larg., 60 cent.

1248 — DEUX TABOURETS en pâte, à fleurettes, couverts en tapisserie du XVIIIe siècle, à grosses fleurs sur fond bleu.

Larg., 46 cent.

SIÈGES

1249 — QUATRE TABOURETS en bois sculpté et doré, à quatre pieds balustres reliés par des traverses à feuillages. Ils sont couverts en brocart à fond rouge. Époque Louis XIV.

Larg., 50 cent.

1250 — FAUTEUIL en bois sculpté, à siège et dossier cannés, décoré de feuillages, palmettes et quadrillés. Époque Régence.

Haut., 82 cent.

1251 — FAUTEUIL en bois sculpté, à palmettes, quadrillés et feuillages, couvert en satin blanc broché, à personnages, fruits et feuilles. Époque Régence.

Larg., 66 cent.

1252 — GRAND CANAPÉ en bois sculpté, à fleurettes, couvert en damas vert. Époque Régence.

Larg., 2 m. 58.

1253 — FAUTEUIL d'enfant, en bois sculpté, couvert en velours orangé. Époque Louis XV.

Larg., 35 cent.

1254 — DEUX TABOURETS à X en bois sculpté, à rocailles et coquilles. Époque Louis XV.

Larg., 51 cent.

1255 — TABOURET de pieds oblong, en bois sculpté et doré, à fleurs, du temps de Louis XV, couvert en velours frappé bleu.

Larg., 42 cent.

1256 — BOUT DE CHAISE-LONGUE en bois doré, couvert en soie crème rayée et brochée à fleurs. Époque Louis XV.

Larg., 70 cent.

1257 — QUATRE FAUTEUILS en bois sculpté et doré, à rocailles et feuillages. Époque Louis XV. Ils sont couverts en peluche bleue.

Larg., 55 cent.

1258 — BERGÈRE du temps de Louis XV en bois sculpté, à moulures et fleurettes, avec côtés et joues cannés, et siège et dossier couverts en velours rose frappé à feuillages.

Haut., 1 m. 12; larg., 62 cent.

1259 — FAUTEUIL-MARQUISE en bois sculpté et

doré, à fleurettes, du temps de Louis XV. Il est couvert en velours ciselé, à rayures et fleurettes sur fond crème.

Larg., 77 cent.

1260 — Dix fauteuils en bois sculpté et doré, à rocailles et fleurettes, couverts en tapisserie au point brodée d'argent, à dessins variés : animaux, rosaces, corbeilles de fleurs, etc. Époque Louis XV.

Larg., 73 cent.

1261 — Six fauteuils en bois sculpté, à rocailles et fleurettes, couverts en velours d'Utrecht. Époque Louis XV.

Haut., 95 cent.

1262 — Chaise-longue en bois sculpté, peint gris et doré, à fleurs et rocailles, couverte en satin vieux-rose broché à fleurs en couleurs et lamé d'argent. Époque Louis XV.

Larg., 1 m. 85.

1263 — Canapé en bois sculpté du temps de Louis XV, à fleurettes et moulures, couvert en satin jaune broché et lamé d'argent : pagodes sous une draperie et personnages de style chinois.

Larg., 1 m. 50.

de Gonbury

1264 — Deux canapés en bois doré, décorés de fleurettes, du temps de Louis XV, couverts, l'un en damas vert, l'autre en damas bleu.

Larg., 1 m. 48.

1265 — Canapé en bois sculpté, à décor de guirlandes de fleurettes et feuillages, et reposant sur huit pieds cambrés ; il est garni, mais non couvert. Époque Louis XV.

Larg., 2 m. 10.

1266 — Deux canapés en bois sculpté du temps de Louis XV, à fleurs et moulures, couverts en soie jaune, lamée de métal à feuillages.

Larg., 1 m. 37.

1267 — Tabouret oblong en bois doré, à décor de feuillages. Fin du règne de Louis XV. Dessus en velours rouge.

Larg., 52 cent.

1268 — Fauteuil en bois sculpté, décoré d'entrelacs et de feuillages ; la ceinture est ornée de cannelures, et les deux pieds à patins, de feuillages. Époque Louis XVI.

Larg., 59 cent.

1269 — Fauteuil bas en bois sculpté et peint gris, à rosaces, balustres cannelés en spirale, moulures, etc., couvert en velours à dessin losangé sur fond crême. Époque Louis XVI.

Haut., 83 cent.; larg., 58 cent.

1270 — Deux chaises basses en bois doré, à colonnettes : dossiers et sièges couverts en soie vieux-rose brodée à branches fleuries Époque Louis XVI.

Haut., 95 cent.; larg., 50 cent.

1271 — Canapé en bois sculpté et doré, à entrelacs et feuillages. Époque Louis XVI. Il est couvert en damas jaune.

Larg., 1 m. 35.

1272 — Chaise-longue de forme contournée, en bois peint blanc et bleu, à moulures, couverte de soie crême rayée et brochée, à dessin d'oiseaux et de fleurs. Époque Louis XVI.

Long., 1 m. 70.

1273 — Deux marquises en bois sculpté avec traces de dorure, à branches de feuillages, baguettes enrubannées, rosaces, etc. Elles sont couvertes de satin broché du temps de Louis XVI : personnages, paniers de fleurs, jets d'eau, colonnades, etc., sur fond bleu clair.

Larg., 81 cent.

1274 — Tabouret oblong en bois de placage, garni de bronzes dorés, à motifs de rocailles, et couvert en étoffe à fleurs.

Larg., 52 cent.

1275 — Tabouret oblong en bois sculpté et doré, à coquilles et fleurs, couvert en velours bleu frappé.

Larg., 36 cent.

GLACES ET PANNEAUX

1276 — Glace dans un cadre en marqueterie d'étain sur écaille, garni de bronzes. xvii° siècle.

Haut., 85 cent.; larg., 68 cent.

1277 — Glace dans un cadre en bois sculpté et peint gris, à décor de palmettes, rinceaux et quadrillés ; fronton ajouré. Époque Louis XIV.

Haut., 2 m. 35; larg., 1 m. 32.

1278 — Glace biseautée dans un cadre de glace garni de bronzes dorés : encadrements, mascaron, bas-reliefs-appliques à rinceaux, entrelacs, feuillages et animaux. Époque Louis XIV.

Haut., 1 m. 80; larg., 1 m. 25.

1279 — Deux panneaux cintrés en chêne sculpté, décorés chacun de trophées d'armes de style antique. Époque Louis XIV.

Haut., 1 mètre; larg., 2 mètres.

1280 — Panneau en bois sculpté, peint blanc et doré, décoré d'un masque du soleil entouré de rinceaux et de guirlandes de fleurs. Époque Louis XIV.

Haut., 70 cent.; larg., 2 m. 11.

1281 — Glace dans un cadre en chêne sculpté à décor de branchages, faisceaux de baguettes enrubannées, dragons, cartouches armoriés. Époque Régence.

Haut., 2 m. 42; larg., 1 m. 10.

1282 — Glace dans un encadrement en bois sculpté et peint blanc, à décor de coquilles, cartouches, fleurs et moulures. Époque Régence.

Haut., 2 m. 66; larg., 1 m. 48.

1283 — Glace dans un encadrement en bois sculpté et peint blanc, à moulures et rocailles. Époque Régence.

Haut., 2 m. 55; larg., 1 m. 39.

1284 — Deux portes en chêne sculpté et peint blanc, à rocailles et moulures; elles sont munies de glaces. Époque Régence.

Hauteur, 2 m. 46.
Largeur d'un vantail, 75 cent.

1285 — Deux portes en chêne sculpté et peint blanc, à décor de rocailles, fleurs et moulures. Époque Régence.

Hauteur, 2 m. 60.
Largeur d'un vantail, 65 cent.

1286 — Panneau en chêne sculpté, décoré d'un carquois et d'un bouclier, entourés de quadrillés et rinceaux. Époque Régence.

Haut., 66 cent.; larg., 1 m. 68.

1287 — Panneau en chêne sculpté, décoré d'un pendentif d'attributs de la Musique et du Commerce, entouré de quadrillés et rinceaux. Époque Régence.

Haut., 62 cent.; larg., 1 m. 77.

1288 — Trois encadrements de dessus de portes en bois sculpté et peint blanc, à coquilles, rocailles et moulures. Époque Régence.

Haut., 82 cent.; larg., 1 m. 53.

1289 — Trumeau en bois sculpté, peint noir et doré, à rocailles et dragons. Il contient une glace surmontée d'une peinture à sujets champêtres. Époque Régence.

Haut., 1 m. 50; larg., 1 m. 10.

1290 — Deux dessus de portes en bois sculpté, peint blanc et doré, à rocailles et fleurs, contenant chacun une peinture en grisaille : patineurs et scène galante. Époque Louis XV.

Haut., 1 mètre; larg., 1 m. 63.

1291 — Deux dessus de portes en bois sculpté, peint gris et doré, à branches de fleurs et fruits, avec, au centre, un médaillon circulaire, en toile peinte en camaïeu bleu, à personnages chinois dans des paysages. Époque Louis XV.

Haut., 75 cent.; larg., 1 m. 80.

1292 — Quatre panneaux en hauteur en chêne sculpté en bas-relief, à dessin de pendentifs d'attributs de la Religion. Époque Louis XV.

Haut., 2 m. 45; larg., 69 cent.

1293 — Glace dans un cadre en bois sculpté et doré, à feuillages et rangs de perles, orné d'une couronne et de guirlandes de laurier. Époque Louis XVI.

Haut., 2 m. 20; larg., 1 m. 05.

1294 — Glace rectangulaire dans un cadre en

bois doré, à fronton formé d'une lyre enguirlandée. Époque Louis XVI.

Haut., 2 m. 35; larg., 1 mètre.

1295 — GLACE rectangulaire dans un cadre en bois doré, à fronton formé d'un carquois et de guirlandes de laurier. Époque Louis XVI.

Haut., 1 m. 85; larg., 98 cent.

1296 — DEUX PETITS PANNEAUX en bois sculpté, peint gris et or; vase de fleurs et rubans. Époque Louis XVI.

Haut., 88 cent.; larg., 65 cent

1297 — QUATRE PANNEAUX étroits en bois sculpté, peint gris et or, à grosses guirlandes de fleurs enrubannées. Époque Louis XVI.

Haut., 33 cent; larg., 1 m. 87.

1298 — QUATRE PETITS PANNEAUX étroits en bois sculpté et peint blanc et or : rosace entre des guirlandes de fleurs et feuilles. Époque Louis XVI.

Haut., 25 cent.; larg., 1 m. 54, 1 m. 48, 1 m. 27.

1299 — DEUX DESSUS DE PORTES rectangulaires en largeur, en bois sculpté, peint gris et doré, à décor d'attributs, de pastorales et de bacchanales, et de guirlandes de fleurs. Cadres en bois doré. Époque Louis XVI.

Haut., 54 cent.; larg., 1 m. 10.

1300 — Boiserie en chêne sculpté, à dessin d'encadrements, baguettes enrubannées et feuillages ; deux des panneaux sont ornés chacun d'une tête de profil, en marbre blanc sculpté en bas-relief. xviiie siècle.

1301 — Dix panneaux en marqueterie de bois clair et de nacre, à figures mythologiques entourées de palmettes, guirlandes et oiseaux. Fin du xviiie siècle.

Haut., 1 m. 80; larg., 77 cent. et 51 cent.

MEUBLES

1302 — Cabinet en marqueterie de bois clair, à mascarons et rinceaux. Époque Louis XIII.

Haut., 66 cent.; larg., 1 mètre.

1303 — Socle carré en bois noir à filets de cuivre, pieds en bronze doré à mascarons et griffes. Époque Louis XIV.

Haut., 27 cent.; larg., 32 cent.

1304 — Deux petits supports carrés en bois de placage, ornés de mascarons en bronze doré. Époque Louis XIV.

Haut., 9 cent.; larg., 22 cent.

1305 — Écran en bois ajouré, sculpté et doré, à décor d'entrelacs et feuillages; feuille en damas rouge. xviie siècle.

Haut., 1 m. 35; larg., 76 cent.

1306 — Meuble en bois de placage, à décor de rinceaux, fermant à deux portes séparées par une horloge. A la partie inférieure sont deux rangs de tiroirs. Entrées de serrures, bas-reliefs et autres garnitures en bronze, en partie rapportées. xviiie siècle.

Haut., 2 m. 30; larg., 1 m. 12.

1307 — Caisse de clavecin en bois, décorée au vernis, dans le goût de Gillot, de compartiments à paysages, arlequins, bustes, rinceaux, draperies, etc., sur fond vieil or. Intérieur du couvercle orné d'une composition allégorique à la Musique, sur fond de paysage. Piètement en bois sculpté et partiellement doré.

Long., 2 m. 25; larg., 79 cent.

1308 — Console oblongue en bois sculpté, à décor de médaillons-bustes, mascarons aux angles, feuillages et rinceaux; pieds de biche. Tablette de marbre. Époque Régence.

Long., 1 m. 55; larg., 78 cent.

1309 — CONSOLE oblongue en bois sculpté et doré, à décor de palmettes, feuillages, fleurs et quadrillés ; elle repose sur quatre pieds à volutes. Tablette de marbre vert-de-mer. Époque Régence.

Long., 1 m. 68 ; larg., 74 cent.

1310 — CONSOLE oblongue en bois sculpté et doré, sur quatre pieds cambrés, et à ceinture ajourée ; décor de palmettes, rocailles, de feuillages et de quadrillés. Tablette de marbre de couleur. Époque Régence.

Haut., 83 cent. ; larg., 79 cent.

1311 — ENCOIGNURE à hauteur d'appui, en bois de placage, ouvrant à deux portes. Charnières de bronze, tablette de marbre onyx. Époque Régence.

Larg., 85 cent.

1312 — DEUX ARMOIRES à trois portes chacune, en bois de placage, avec panneaux laqués noir et or, à paysages de style chinois sur les portes. Époque Régence. Mascarons, chutes, encadrements, rapportés en bronze doré.

Haut., 1 m. 71 ; larg., 1 m. 95.

1313 — ARMOIRE d'angle à deux portes, en bois de

placage, avec cannelures de cuivre. Époque Régence.

Haut., 1 m. 65 ; larg., 60 cent.

1314 — Meuble à hauteur d'appui en bois sculpté, de forme contournée ; panneau central à attributs de chasse, flanqué de deux portes vitrées. Époque Régence. Dessus de marbre.

Haut., 1 m. 03 ; larg., 1 m. 90 ; prof., 47 cent.

1315 — Meuble à hauteur d'appui à deux portes, en bois de placage ; tablette de marbre ranz. Époque Régence.

Haut., 98 cent. ; larg., 66 cent.

1316 — Paravent à six feuilles en bois sculpté, à quadrillés et rocailles du temps de la Régence. Feuille en velours rouge frappé à feuillages.

Haut., 1 m. 25 ; largeur d'une feuille, 60 cent.

1317 — Écran en bois sculpté et doré, à feuillages ; double feuille en lampas, à fleurs sur fond rouge. Époque Régence.

Haut., 95 cent.

1318 — Deux supports en bois peint et doré, à volutes et coquilles. Époque Régence.

Haut., 1 m. 09 ; larg., 51 cent.

1319 — PETITE ARMOIRE à deux portes, à hauteur d'appui, en chêne sculpté, à décor de rocailles et roseaux. Époque Louis XV.

Haut., 1 m. 48 ; larg., 1 m. 04.

1320 — MEUBLE d'entre-deux, à hauteur d'appui, formant étagère, en marqueterie de bois de couleurs, à fleurs et fruits. Chutes, encadrements, culs-de-lampe, sabots rapportés en bronze doré. Dessus de marbre brèche violette. Époque Louis XV.

Larg., 1 m. 30 ; prof., 46 cent.

1321 — MEUBLE d'entre-deux, de forme contournée, ouvrant à deux portes, en marqueterie de bois de couleurs, à fleurs ; chutes, encadrements, sabots, cul-de-lampe, entrée de serrure en bronze doré. Dessus de marbre de couleur. Époque Louis XV.

Haut., 1 m. 40 ; larg., 1 m. 15.

1322 — MEUBLE vitré, à hauteur d'appui, en bois de placage, fermant à deux portes ; garnitures en bronze. Époque Louis XV.

Haut., 1 m. 25 ; larg., 1 m. 60.

1323 — PETITE BIBLIOTHÈQUE en acajou, à deux portes superposées, l'une pleine, l'autre à treillis. Dessus de marbre blanc. Fin de l'époque Louis XV.

Haut., 1 m. 31 ; larg., 50 cent.

1324 — Deux encoignures à une porte, en bois de placage, garnies d'encadrements, chutes et culs-de-lampe à rocailles, en bronze doré. Tablettes de marbre brèche d'Alep. Époque Louis XV.

Larg., 80 cent.

1325 — Meuble à deux portes et quatre tiroirs, en bois de violette, garni de cuivres rapportés. Dessus de marbre brocatelle. Époque Louis XV.

Haut., 1 m. 37 ; larg., 63 cent.

1326 — Table de dame, en marqueterie de bois de violette de bout, à fleurs sur fond de bois de couleurs ; tablette mobile, tiroirs sur le côté et la face antérieure et glace mobile placée dans un casier. Chutes en bronze doré. Époque Louis XV.

Larg., 50 cent.

1327 — Petite table en bois de placage, renfermant trois tiroirs et sur quatre pieds cambrés. Dessus de marbre brèche d'Alep. Époque Louis XV.

Larg., 34 cent.

1328 — Petite table à tablette mobile et trois tiroirs, dont un sur le côté, en bois de placage ; pieds cambrés. Époque Louis XV.

Haut., 70 cent.; larg., 47 cent.

1329 — Table oblongue à un tiroir, en bois de placage, à quadrillés. Époque Louis XV.

Larg., 66 cent.

1330 — Table-bureau en marqueterie de bois de violette de bout et de bois de rose à fleurs ; elle contient deux tiroirs et le dessus mobile découvre une écritoire. Époque Louis XV.

Haut., 70 cent.; larg., 50 cent.

1331 — Petite table à trois tiroirs, en marqueterie de bois clair, à personnages et corbeilles de fleurs. Chutes de bronze ; galerie de cuivre. Époque Louis XV.

Haut., 72 cent.; larg., 42 cent.

1332 — Petite table-bureau à deux tiroirs, en marqueterie de bois de couleurs ; garnitures en bronze, galerie de cuivre. Époque Louis XV.

Larg., 52 cent.

1333 — Paravent à six feuilles, en bois sculpté et doré à feuillages ; feuilles en tapisserie au point à fleurs sur fond blanc. Revers en damas bleu à grands ramages. Époque Louis XV.

Haut., 1 m. 68.
Largeur d'une feuille, 63 cent.

1334 — Chiffonnier à sept tiroirs, en marqueterie de bois de violette de bout à fleurs sur bois de rose ; garnitures en bronze doré rapportées en partie. Tablette en marbre ranz. Époque Louis XV.

Haut., 1 m. 45 ; larg., 53 cent.

1335 — Commode en bois de violette, à deux rangs de tiroirs, du temps de Louis XV ; chutes, poignées et entrées de serrures en bronze. Tablette de marbre brèche d'Alep.

Larg., 1 m. 40.

1336 — Commode à deux tiroirs, en marqueterie de bois de couleurs, à médaillon contenant une corbeille de fleurs et entouré de gerbes. Chutes, cul-de-lampe et sabots en bronze doré. Dessus de marbre ranz. Époque Louis XV.

Larg., 1 m. 15.

1337 — Commode à deux tiroirs, en bois de rose et bois de violette ; chutes, encadrements et sabots, à rocailles en bronze. Tablette de marbre ranz. Époque Louis XV.

Larg., 95 cent.

1338 — Commode à deux tiroirs, en bois de rose et bois de violette; encadrements, chutes et sabots, à rocailles et feuillages en bronze. Tablette en marbre ranz. Époque Louis XV.

Larg., 95 cent.

1339 — Bureau à dos d'âne, en marqueterie de bois de couleurs à fleurs; il contient deux tiroirs extérieurs à fleurs, et des tiroirs et casiers à l'intérieur. Encadrements, chutes et entrées de serrures rapportés en bronze. Époque Louis XV.

Haut., 95 cent.; larg., 1 m. 04; prof., 50 cent.

1340 — Petite console en bois sculpté et doré; ceinture ajourée à rosaces; tablette de marbre blanc veiné. Époque Louis XV.

Larg., 80 cent.

1341 — Écran en bois sculpté, à fleurs; feuille en soie avec broderie chenillée à corbeille de fleurs; encadrement de velours ciselé. Fin de l'époque Louis XV.

Haut., 98 cent.

1342 — Petit meuble demi-lune, en bois de placage, avec porte à coulisse. Chutes en bronze. Dessus de marbre brèche d'Alep. Fin de l'époque Louis XV.

Larg., 68 cent.

1343 — Petit guéridon oblong, en bois de rose, avec tiroirs sur les côtés, et sur tige à trois pieds. Fin de l'époque Louis XV.

Larg., 42 cent.

1344 — Table de dame, à trois tiroirs dont un latéral, en marqueterie de bois de couleurs, à fleurs. Fin de l'époque Louis XV.

Larg., 39 cent.

1345 — Table-toilette, en marqueterie de bois de violette de bout à fleurs et de bois de rose. Elle contient trois tiroirs et le dessus recouvre une glace et deux casiers latéraux, dont l'un contient trois pots de toilette en ancienne porcelaine tendre de Mennecy et quelques accessoires. Fin de l'époque Louis XV.

Larg., 90 cent.

1346 — Commode à trois rangs de tiroirs, en marqueterie de bois de couleurs, à personnages et sujets de style chinois. Poignées en bronze ; tablette de marbre gris veiné. Fin de l'époque Louis XV.

Larg., 1 m. 25.

1347 — Armoire d'angle à une porte, en bois de placage. Fin de l'époque Louis XV.

Haut., 2 mètres.

1348 — Petit meuble à hauteur d'appui, à abattant et tiroirs, sur quatre pieds cambrés, en marqueterie de bois de couleurs, à corbeille de fleurs. Dessus de marbre blanc. Fin de l'époque Louis XV.

Haut., 98 cent.; larg., 44 cent.

1349 — Socle en bois noir, garni de rinceaux et rosaces en bronze doré. Signé : *B. Lieutaud* (Lieutaud Balthazar, rue d'Enfer). Fin de l'époque Louis XV.

Long., 26 cent.; larg., 20 cent.

1350 — Grand lit à baldaquin, en bois sculpté et doré, à feuillages et entrelacs, garni de tapisserie au point, à guirlandes et couronnes de fleurs et de feuilles sur fond blanc. Rideaux de soie crème. Époque Louis XVI.

Haut., 4 mètres; larg., 2 mètres.

1351 — Table de nuit à deux portes et trois tiroirs, avec abattants sur le dessus ; bois de placage. Époque Louis XVI.

Haut., 87 cent.

1352 — Petit écran en bois peint gris et garni d'une feuille à double face en lampas, à dessin de lyres et de fleurs. Époque Louis XVI.

Haut., 88 cent.

1353 — Commode à angles arrondis, à trois tiroirs et avec portes latérales ; marqueterie de bois de couleurs, à quadrillés et encadrements. Tablette de marbre brèche d'Alep. Époque Louis XVI.

Larg., 1 m. 31.

1354 — Commode à trois tiroirs, plaquée d'ébène et garnie de poignées, d'entrées de serrures, de rosaces et d'une grecque en bronze. Les côtés sont cintrés, et la ceinture contient un quatrième petit tiroir. Tablette de marbre portor. Époque Louis XVI.

Larg., 1 m. 50 ; prof., 52 cent.

1355 — Meuble à hauteur d'appui, à deux portes et un tiroir, en bois de rose. Tablette de marbre brèche d'Alep. Époque Louis XVI.

Larg., 1 m. 20.

1356 — Petit meuble à hauteur d'appui, à deux portes et sur quatre pieds cannelés, en acajou ; encadrements en bronze, galerie de cuivre, dessus de marbre blanc. Époque Louis XVI.

Haut., 1 m. 18 ; larg., 62 cent.

1357 — Meuble en acajou à quatre tiroirs, dont le dessus forme vitrine ; pieds cannelés. Epoque Louis XVI.

Haut., 96 cent.; larg., 80 cent.; prof., 64 cent.

1358 — Bureau à cylindre surmonté d'une vitrine, en acajou ; pieds cannelés, dessus de marbre blanc. Époque Louis XVI.

Haut., 1 m. 53 ; larg., 93 cent.

1359 — Bureau en acajou à deux corps : le corps supérieur à abattant, le corps inférieur contenant un tiroir et reposant sur quatre pieds cannelés. Époque Louis XVI.

Haut., 1 m. 17 ; larg., 92 cent.

1360 — Deux consoles en bois sculpté et peint gris à deux pieds, ornées de volutes et de feuillages. Tablette de marbre rouge du Languedoc. Époque Louis XVI.

Larg., 1 m. 40.

1361 — Table-bureau en acajou, à tablette mobile avec tiroirs sur les côtés. Époque Louis XVI.

Larg., 80 cent.

1362 — Table oblongue en acajou à tiroirs sur les côtés, avec incrustations de filets de cuivre. Époque Louis XVI.

Larg., 88 cent.

1363 — Armoire à quatre portes séparées par un abattant étroit, en bois de placage à damier. Dessus de marbre blanc. Époque Louis XVI.

Haut., 2 m. 20 ; larg., 1 m. 22 ; prof., 57 cent.

1364 — CHIFFONNIER à douze tiroirs en bois de placage. Époque Louis XVI.

Haut., 1 m. 80 ; larg., 93 cent.

1365 — CHIFFONNIER à huit tiroirs en marqueterie de bois de couleurs, à décor de quartefeuilles et quadrillés. Dessus de marbre. Époque Louis XVI.

Haut., 1 m. 65 ; larg., 69 cent.

1366 — SECRÉTAIRE à abattant et deux portes en bois de rose à tablette de marbre bleu-turquin. Époque Louis XVI.

Haut., 1 m. 18 ; larg., 66 cent.

1367 — SECRÉTAIRE droit à abattant, portes et tiroirs, en marqueterie de bois de couleurs à quadrillés et rosaces; tablette de marbre brèche d'Alep. Époque Louis XVI. Garnitures en bronze.

Haut., 1 m. 35 ; larg., 81 cent.

1368 — SECRÉTAIRE droit à abattant, portes et tiroirs en marqueterie de bois de couleurs à fleurs. Tablette de marbre brèche d'Alep. Époque Louis XVI.

Haut., 1 m. 37 ; larg., 67 cent.

1369 — ÉTAGÈRE composée de trois banquettes

superposées, en bois sculpté à faisceaux de baguettes enrubannées et pieds cannelés. Dessus canné. Époque Louis XVI.

Haut., 1 m. 36 ; larg., 1 m. 83.

1370 — Petit bureau bonheur-du-jour en bois de placage, renfermant deux tiroirs et avec casier supérieur fermant à coulisse ; tablette d'entre-jambes. Époque Louis XVI.

Larg., 56 cent.

1371 — Petit bureau bonheur-du-jour en bois de placage, à abattant, portes et tiroirs. Dessus de marbre blanc. Époque Louis XVI.

Haut., 1 m. 05 ; larg., 35 cent.

1372 — Petit bureau bonheur-du-jour en acajou, à volet, tiroirs et casier supérieur ouvrant à coulisse. Dessus de marbre ranz, bordé d'une galerie de cuivre. Époque Louis XVI.

Haut., 1 m. 05 ; larg., 43 cent.

1373 — Table-bureau rectangulaire, en marqueterie de bois clair, à quadrillés ; elle contient cinq tiroirs et des tablettes mobiles sur les côtés. Garnitures en bronze. Dessus de cuir. Époque Louis XVI.

Haut., 1 m. 50 ; larg., 83 cent.

1374 — TABLE OVALE en acajou, renfermant trois tiroirs et sur quatre pieds, reliés par une entretoise. Dessus de marbre blanc entouré d'une galerie de cuivre. Époque Louis XVI.

Grand diam., 64 cent.

1375 — MEUBLE à deux corps, en racine, avec incrustations de cuivre; corps inférieur à un tiroir formant bureau, corps supérieur à un tiroir surmonté d'une porte, munie d'une glace. Époque Louis XVI.

Haut., 1 m. 42 ; larg., 96 cent.

1376 — COFFRET A BIJOUX en marqueterie de bois de couleurs, à fleurs, contenant un compartiment à coulisse et se levant au moyen d'un ressort. Époque Louis XVI.

Haut., 19 cent.; larg., 31 cent.

1377 — MIROIR ROND dans un cadre en bois sculpté, peint et doré, à feuillages avec rinceaux dans les angles. Époque Louis XVI.

Haut. et larg., 40 cent.

1378 — DEUX CONSOLES oblongues en racine, contenant chacune deux tiroirs latéraux; la face antérieure de chacune d'elles est ornée d'un bas-relief en ancien biscuit à fond bleu : la Toilette de Vénus et le Triomphe d'Amphitrite. Elles sont garnies de bronzes dorés, encadrements, bordures, rangées de denticules, volutes, pieds-balustres à cannelures torses reliés par une tablette de racine également, échancrée sur le devant.

Larg., 1 m. 25 ; prof., 48 cent.

1379 — Cartonnier en marqueterie de bois de couleurs à fleurs, avec incrustations d'étain. xviiie siècle.

Haut., 67 cent.; larg., 75 cent.

1380 — Deux meubles à hauteur d'appui, ouvrant à deux portes, composés de panneaux de laque à décor de paysages, animaux et fleurs de style chinois, en dorure et couleurs sur fond noir. Moulures, écoinçons, encadrements en bronze doré. xviiie siècle.

Haut., 1 m. 08; larg., 1 mètre.

1381 — Grand lutrin en bois sculpté avec traces de dorure, formé d'un aigle aux ailes déployées, perché sur une tige ornée de lyres. Base ornée d'un tore de laurier. xviiie siècle.

Haut., 2 m. 40.

1382 — Grand paravent à cinq feuilles en ancienne laque, à décor doré sur fond noir ; il représente un paysage avec habitations et cours d'eau, animés de nombreux personnages chinois ; large bordure à compartiments.

Haut., 2 m. 30.

1383 — Petite console à fond de glace et surmontée d'une glace en bois de placage, garnie de deux petits bustes-appliques en bronze et incrustée de filets de cuivre. Fin du XVIIIe siècle.

Larg., 57 cent.

1384 — Petit cabinet à abattant, tiroirs et pupitre intérieurs en marqueterie de bois de couleurs à décor de livres, instruments de musique, etc. Fin du XVIIIe siècle.

Haut., 35 cent.; larg., 50 cent.

1385 — Secrétaire en acajou : abattant surmontant trois tiroirs et masquant d'autres tiroirs et des casiers. Commencement du XIXe siècle.

Haut., 1 m. 34 ; larg., 72 cent.

1386 — Meuble de milieu à hauteur d'appui en bois de placage à damier, garni de poignées et chutes en bronze ; il contient plusieurs tiroirs ainsi qu'un corps intérieur formant vitrine avec étagères d'angle et se levant au moyen d'une manivelle. Dessus de marbre rouge-griotte.

Haut., 92 cent.; larg., 72 cent.

1387 — TABLE rectangulaire à dessus de mosaïque de marbre à quadrillés. Pieds en granit, garnitures en bronze doré.

Haut., 66 cent.; larg., 82 cent.; prof., 46 cent.

1388 — PETIT BUREAU BONHEUR-DU-JOUR en marqueterie de bois de couleurs à fleurs ; corps supérieur à portes et tiroir, corps inférieur à abattant et tiroir ; tablette d'entre-jambes. Dessus de marbre blanc. Époque Louis XVI.

Haut., 1 mètre ; larg., 35 cent.

1389 — DEUX MEUBLES à hauteur d'appui, fermant à une porte vitrée en bois satiné. Galerie, encadrements et écoinçons en bronze doré. Dessus de marbre blanc.

Haut., 1 m. 24 ; larg., 85 cent.

1390 — TABLE-BUREAU oblongue en bois de violette à trois tiroirs, garnie de bronzes dorés : chutes à têtes de femmes et volutes, poignées, entrées de serrures, bas-reliefs et sabots à griffes. Dessus de cuir.

Haut., 79 cent.; long., 1 m. 93 ; larg., 94 cent.

1391 — BUREAU BONHEUR-DU-JOUR en bois de placage à portes et tiroirs extérieurs et intérieurs ; encadrements, petits balustres et galeries en bronze doré. Dessus et tablette d'entre-jambes en marbre blanc.

Haut., 1 m. 05; larg., 70 cent.

1392 — Table oblongue en bois de placage à huit petits tiroirs avec volets et tablettes. Époque Louis XV.

Larg., 66 cent.

1393 — Guéridon rond, sur trépied à torsades et griffes en bronze. Dessus en marbre de couleurs.

Haut., 77 cent.; diam., 38 cent.

1394 — Console en bronze doré, sur quatre pieds-colonnettes reliés par un croisillon, décoré d'attributs de l'Amour ; ceinture ornée de fleurs, avec bas-relief en terre cuite : triomphe d'Amphitrite. Dessus de marbre blanc.

Haut., 92 cent.; larg., 1 m. 40.

1395 — Table-bureau en bois de placage, garnie de bronzes, à deux tiroirs ; pieds cambrés. Dessus de cuir.

Larg., 90 cent.

1396 — Guéridon rond en bronze doré, sur quatre pieds à doubles colonnettes reliés par un croisillon à corbeille. Dessus décoré d'un médaillon au vernis : Jupiter et l'Amour ;

bordure à fleurs également au vernis. Fin de l'époque Louis XVI.

Diam., 68 cent.

1397 — Table de nuit en forme de cœur, sur trois pieds cambrés, en marqueterie de bois de couleurs à losanges et fleurettes. Dessus mobile, orné d'une glace; porte et tiroirs latéraux ouvrant à secret.

Larg., 48 cent.

1398 — Table oblongue, plaquée d'ébène incrusté de filets d'étain, à deux tiroirs latéraux et quatre pieds reliés par un croisillon. Garnitures en bronze doré, à mascarons, rosaces, encadrements et bordures. Dessus en mosaïque de marbre, à damier et cartouches.

Larg., 84 cent.

1399 — Petit bureau bonheur-du-jour, en bois de placage à quadrillés, orné de bronzes et de médaillons à fleurs en ancienne porcelaine tendre de Sèvres. Dessus de marbre blanc.

1400 — Vitrine rectangulaire garnie de glaces biseautées, simulant un petit monument à pilastres et colonnes cannelées, avec galerie à la partie supérieure. Elle ferme à une porte.

Haut., 38 cent.; larg., 66 cent.; prof., 42 cent.

1401 — Deux petites tables-consoles à un tiroir, en acajou ; pieds reliés par une entretoise, garnitures en bronze.

Larg., 57 cent.

ROBE EN GUIPURE
ÉTOFFES

1402 — Robe en soie, garnie d'ancienne guipure de Venise à reliefs.

1403 — Chape et chasuble en damas vert, tissé d'argent doré, et à dessin de fleurs et feuilles. Époque Louis XIV.

1404 — Costume de femme en soie rose brochée à feuillages et fleurs. Époque Louis XV.

1405 — Jupe défaite en moire rosée, brochée à dessin blanc de kiosques et personnages. Époque Louis XV.

1406 — Panneau formé de morceaux de soie blanche, brochée et chenillée à dessin d'arbustes, draperies et cordelières à glands. Époque Louis XV.

Long., 1 m. 70; larg., 1 m. 45.

1407 — Deux panneaux en hauteur, en soie rose

brochée à dessin d'attributs de l'Amour, guirlandes et gerbes de fleurs reliées par des cordelières à glands. Fin de l'époque Louis XV.

Haut., 4 m. 20 et 1 m. 80.

1408 — AUMONIÈRE en velours brodé d'argent, aux armes d'un dauphin de France. XVIIIe siècle.

Diam., 14 cent.

1409 — QUATRE PIÈCES : deux sièges et deux dossiers de chaises, en satin broché, présentant chacun un médaillon contenant un jardinier et une jardinière, ainsi que des attributs de jardinage. Époque Louis XVI.

1410 — QUATRE COUSSINS, en soie bleue brodée au point de chaînette, avec réserve, au centre, à fleurs sur fond blanc. Époque Louis XVI.

Haut., 43 cent.

1411 — FEUILLE D'ÉCRAN en satin blanc, décoré d'un vase de fleurs broché, chenillé et partiellement peint. Époque Louis XVI.

Haut., 56 cent.; larg., 48 cent.

TAPISSERIES

1412 — Quatre tapisseries rectangulaires, tissées d'argent, présentant chacune des personnages richement vêtus, ainsi que des cavaliers; fond de paysages; encadrements à cariatides et trophées d'armes. Marque de *H. Rydams*. Bruxelles. Commencement du XVIIe siècle.

Haut. : 3 m. 70; 3 m. 75 et 3 m. 85.
Larg. : 2 m. 80; 3 m. 40 et 3 m. 50.

1413 — Tableau en tapisserie, présentant deux lions. XVIIe siècle. Encadré.

Haut., 1 m. 05; larg., 1 m. 70.

1414 — Deux panneaux en tapisserie, à dessin de balustres, draperies, guirlandes de fleurs, etc., sur fond havane, d'après Bérain. Bordures rapportées sur deux côtés à décor de fleurs et moulures simulées. Fin du XVIIe siècle.

Haut., 2 m. 45; larg., 95 cent.

1415 — Suite de huit tapisseries ou fragments de tapisseries, présentant des personnages vêtus à l'antique et se livrant à divers jeux, etc., dans la campagne. Bordures incomplètes de rinceaux, fleurs, fruits, mascarons, attributs de l'Amour. L'une d'elles, signée : *L. D. Vos.* Bruxelles. Commencement du XVIIIe siècle.

Haut. : 2 m. 90; 2 m. 80; 2 m. 95; 3 m.; 2 m. 90; 2 m. 90; 3 m. 10; 3 m. 45.

Larg. : 5 m. 80; 3 m.; 95 cent.; 2 m. 40; 1 m. 20; 1 m. 40; 1 m. 40; 95 cent.

1416 — Quatre fragments de tapisseries-verdures, avec pièces d'eau, habitations, etc. Gobelins, XVIIIe siècle.

Hauteur de l'un, 2 m. 95.

1417 — Suite d'une tapisserie et d'un fragment, présentant des verdures avec habitations et oiseaux. Bordure jaune à fleurs et feuillages. Flandres. XVIIIe siècle.

Haut., 3 mètres; larg., 3 m. 80 et 1 m. 55.

1418 — Tapisserie-verdure rectangulaire avec chien poursuivant deux perdrix, au premier plan. Bordure marron à fleurs. Flandres, XVIIIe siècle.

Haut., 3 m. 10; larg., 2 m. 60.

1419 — Tapisserie-verdure rectangulaire, avec église au second plan. Bordure jaune à fleurs et rubans. Flandres, XVIIIe siècle.

Haut., 2 m. 90; larg., 1 m. 80.

1420 — Tapisserie rectangulaire présentant une femme à sa toilette, aidée de deux servantes, dans un parc orné de pièces d'eau, statues, bosquets, etc. Bordure marron à fleurs, médaillons et dauphins. Flandres, xviiie siècle.

Haut., 2 m. 78; larg., 2 m. 50

1421 — Tapisserie-verdure flamande, avec deux cygnes au premier plan. Bordure de fleurs. xviiie siècle.

Haut., 2 m. 65 ; larg., 1 m. 50.

1422 — Tapisserie rectangulaire présentant une forêt avec ruisseau et petit pont de bois sur la gauche, paon sur une branche au milieu et collines au fond. Bordure de fleurs. Flandres, xviiie siècle.

Haut., 2 m. 95; larg., 5 m. 20.

1423 — Tapisserie rectangulaire présentant un paysage avec gros arbre au premier plan, cours d'eau, village et collines au fond. Bordure de fleurs sur fond clair. Marquée : *P. R.* Flandres, xviiie siècle.

Haut., 2 m. 45; larg., 5 m. 25.

1424 — Deux tapisseries-verdures à paysages avec cours d'eau, habitations, oiseaux, etc. Aubusson, xviiie siècle.

Haut., 2 m. 35, larg., 4 m. 45.
Haut., 2 m. 40; larg., 4 m. 50.

1425 — Tapisserie-verdure rectangulaire : forêt avec collines à l'arrière-plan. Bordure étroite de fleurs. Signée : *I. V. Veren*. Audenarde. xviiie siècle.

Haut., 2 m. 65 ; larg., 5 m. 15.

1426 — Tapisserie rectangulaire, présentant plusieurs oiseaux au premier plan d'une verdure avec ruines, habitations au fond. Bordure marron à fleurs et palmettes, avec le nom : *Behagle*. xviiie siècle.

Haut., 3 m.; larg., 3 m. 90.

1427 — Petit tapis en tapisserie à fond bleu : rosaces, pampres, oiseaux et rinceaux. Commencement du xixe siècle.

Haut., 2 m. 45; larg., 1 m. 40.

1428 — Coussin couvert en ancienne tapisserie à fleurs sur fond bleu-clair, encadrées de feuillages.

Haut , 42 cent.

VACATION

DU

VENDREDI 29 MAI 1903

16 — *Quai de Béthune* — 16

1429 — Encadrement de baie en chêne sculpté et partiellement doré, décoré, sur les montants, de deux consoles-appliques à mascarons, de rosaces et de rinceaux. La partie supérieure présente un vase de fleurs peint, encadré d'amours et de rocailles en bois doré. Époque Régence.

Hauteur, environ 4 mètres; larg., 2 m. 75.

1430 — Boiserie en chêne rehaussé de dorure, et décorée de rosaces, rinceaux, quadrillés et moulures. Elle comprend aussi une glace encadrée de pilastres, deux médaillons peints sur toile à sujets de fleurs, et un bas-relief en marbre blanc, buste d'homme de profil sur fond de bois peint à l'imitation du marbre. Époque Régence.

Haut., 4 m. 25.

1431 — BOISERIE en chêne avec rehauts de dorure, décorée de rosaces, de quadrillés et de moulures, avec corniche intermédiaire supportée par des volutes à mascarons. Elle se compose de neuf panneaux variés de largeur et séparés par des montants étroits. L'un des panneaux forme porte. Elle comprend aussi une glace encadrée de bois doré et surmontée d'une peinture sur toile : portrait de femme. Époque Régence.

Haut., 4 m. 30.

1432 — BOISERIE peinte en blanc et partiellement dorée, décorée de rocailles, faisceaux de baguettes enrubannées et moulures. Elle se compose de huit panneaux variés de dimensions, d'un encadrement de glace, et comprend aussi une glace encadrée de bois doré, à guirlandes de fleurs. Époque Régence.

Haut., 3 m. 25 et 2 m. 23.

1433 — GLACE rectangulaire dans un cadre en bois sculpté et doré : tore de laurier, rinceaux et rais de cœur. Époque Louis XVI.

Haut., 2 m. 45; larg., 1 m. 42.

1434 — GLACE dans un cadre en bois sculpté et doré, à rinceaux et palmettes. Époque Louis XIV.

Haut., 2 m. 60; larg., 1 m. 40.

1435 — POÊLE en terre vernissée blanc ; le tuyau du XVIIIe siècle, également en terre vernissée blanc, simule un tronc de palmier et est accosté de deux statuettes : amour et fillette, en terre cuite.

Hauteur du tuyau, 2 m. 25.

1436 — ENVELOPPE DE POÊLE en bois sculpté et peint marron avec rehauts de dorure, à décor de guirlandes ; tuyau en terre vernissée blanc, simulant un tronc de palmier, accosté de deux statuettes : amour et fillette, en terre cuite. XVIIIe siècle.

Largeur de l'enveloppe, 1 m. 72.

1437 — POÊLE : tuyau en terre vernissée vert et violet, simulant un tronc de palmier avec fillette et amour en ronde-bosse et terre cuite du XVIIIe siècle.

Hauteur du tuyau, 2 m. 20.

1438 — CHEMINÉE en marbre blanc veiné de gris, décorée de quadrillés, de fleurs, de coquilles et de rinceaux avec entrelacs, volutes et palmettes sur les montants. Époque Louis XIV.

Haut., 1 m. 53 ; larg., 2 m. 90.

1439 — FONTAINE MURALE en marbre rouge veiné de blanc, en forme de niche, surmontée d'un cul-de-four à coquille et motifs de rocailles. Époque Louis XV.

Haut., 2 m. 68 ; larg., 92 cent.

1440 — Portique monumental en bois sculpté, à fronton décoré d'un masque de chérubin et placé sur un entablement à triglyphes et attributs de sainteté. Ce fronton est supporté par deux grandes colonnes à chapiteaux corinthiens et par deux pilastres d'ordre ionique. Commencement du XVIIe siècle.

Haut., 5 m. 50 ; larg., 3 m. 80.

Paris — Imp. Georges Petit, 12, rue Godot-de-Mauroi.

www.ingramcontent.com/pod-product-compliance
Lightning Source LLC
LaVergne TN
LVHW020413230826
846091LV00004B/1268
9782329448688